Dear Dad

Dear Dad

아빠, 사랑해요

브래들리 트레버 그리브 지음 | 남길영 옮김

바다출판사

나의 보호자이자 친구이자 영웅인
당신은 나의 아버지

당신의 아들이라는 사실을

언제나 자랑스럽게 생각합니다.

감사의 글

〈디어 맘〉 출간 이후, 나는 독자들로부터 격려와 재미있는 내용이 담긴 편지와 함께 후속으로 아버지에 대해서도 써 달라는 요청을 받았다. 사람들이 자신의 아버지라는 존재에 대하여 분명히 통감하는 부분이 있다. 아버지는 어머니와 많이 다르기 때문에 사람들이 아버지라는 존재에 대하여 공감하는 것들을 어떻게 글로 풀어야 할지가 큰 부담으로 작용하였다. 솔직히 말하면, 나는 좀 두려웠다.

결국은 책을 쓰는 데 3년도 더 걸렸지만, 오랜 시간 마음속에 담아 두고 아버지께 말하고 싶었던 것들을 드디어 글로 담아내게 되어서 지금은 매우 만족스럽다. 이 작은 책 한 권이 참으로 뿌듯하게 여겨진다. 나의 아버지도 분명 이 책을 좋아하시리라 믿지만, 독자들도 즐거운 마음으로 읽을 수 있기를 바란다. 특히 나보다 연령대가 높은 독자들이 행복한 마음으로 읽었으면 좋겠다.

내가 진정 사랑하는 일을 다시 한 번 할 수 있도록 만들어 준 호주에 있는 BTG 스튜디오의 우리 팀과 이 책의 출간을 도운 전 세계 출판 관계자들께 심심한 감사를 표한다. 내가 특별히 언급하고 싶은 사람이 있는데, 앤드류 맥밀 출판사의 크리스틴 쉴링이다. 크리스와 나는 처음 함께 일을 시작

하고 지금까지 훌륭하게 호흡을 맞춰오고 있다.

이 책 역시 아름다운 이미지를 바탕으로 만들어진 책이다. 자신들의 천재성을 내 작품에 보태 주었던 사진작가들, 특히 캔자스에서 남아프리카 오지에 이르기까지 훌륭한 이미지를 얻어 내기 위하여 고통을 감내했던 리차드 듀 토이트에게 깊은 고마움을 전한다. www.btgstudios.com으로 방문하면 풍부한 사진자료를 만날 수 있을 것이다.

아버지라는 인물을 표현해 내는 데 있어서, 나는 자애로운 앨버트 주커맨에게 감사를 표하고 싶다. 작가로서 나의 성공은—내 삶과 문학 그리고 필살기인 다리걸기 기술에 이르기까지—전적으로 아버지처럼 나를 이끌어 주는 앨버트 덕분이다.

몇 해 전, 앨버트와 나는 내 책 프로모션을 위해 함께 남미로 여행을 갔었다. 우리를 축하하기 위한 오찬이 열리고 있던 중, 그 일이 일어났다. 근처 나무 위에 있던 마모셋(중남미의 작은 원숭이)에게 나는 굵고 붉게 잘 익은 포도송이를 살짝 던져 주었는데, 그 원숭이가 갑자기 창문을 넘어 잘 차려진 과일 위로 뛰어 올라오는 것이 아니겠는가. 천연 당분으로 배는 불룩해지고 온통 흥분해서 털까지 쭈뼛하게 세운 원숭이는 광분상태였다. 원숭이를 잡기 위한 난투에서 웨이터 3명은 그놈에게 물렸고, 나도 긁히는 상처를 입었다. 애석하게도 그 자리에 계시던 영부인께서 약이 바짝 올라 으르렁대는 원숭이와 무너지는 뷔페 테이블을 피하여 바닥에 구르다가 그만 값비싼 귀걸이를 분실하고 말았다.

그 와중에도 앨버트는 이성을 잃지 않고, 재빨리 작은 원숭이를 속이 빈 멜론 속에 담고는 대통령 경호원들의 다리 사이로 굴렸다. 그사이 우리는 좀 정신을 가다듬었다.

앨버트는 영부인께 자신의 수집품인 닐 다이아몬드의 커프스 단추를 이용하여 잃어버린 것을 대신할 귀걸이를 만들어 드렸다. 그리고는 앤드류 로이드 웨버의 뮤지컬(에비타)의 명장면에 나왔던 곡을 허밍으로 부르며 영부인의 머리에 묻은 망고와 파파야를 부드럽게 닦아 드렸다. 그 순간 나는 앨버트가 왜 그 곡을 선정했는지 참으로 궁금했다.

자리가 정리되고 커피와 초콜릿이 후식으로 나오자, 그는 냅킨과 안전핀으로 내 상처를 감아 주기 위해 나를 옆으로 데려갔다. 앞니 사이에 안전핀을 물고 그가 빙그레 웃으며 말을 이어갔다.

"브래들리, 이건 마치 내 아이들과 손주들의 기저귀를 갈아 주는 상황을

떠오르게 하는군. 냄새가 난다는 말은 아니야. 오해는 말게! 나는 자네를 내 아들처럼 생각한다네. 바보 같은 원숭이에게 먹이를 주는 아들. 그래, 내 말은 아들이라는 존재 말일세. 오늘의 이 극적인 사건이 너무도 특별한 그 일, 아버지로 산다는 것이 주는 모든 어려움을 생각나게 하는군. 가족을 부양한다는 것은 자네를 이끄는 원동력이자 없으면 살 수 없는 것이야. 아버지로서, 그러니까 아버지는 별거 없어. 무슨 일이든 그저 내 아이들을 위해 존재하는 것, 그것보다 아버지로서 더 좋은 일이 뭐가 있겠는가 말이지. 아마도 언젠가 자네도 내 말의 의미를 이해할 날이 오겠지."

저는 그날을 꿈꾸고 있습니다. 그래요, 앨버트, 저는 그날을 꿈꾸며 삽니다.

Dear Dad

아빠, 사랑해요

아빠에 비하면 제 두 눈은 아직은 많이 미숙하잖아요.
그렇지만, 저도 살면서 가슴 벅찬 광경들을 제법 보았답니다.

My eyes are a lot younger than yours, Dad,
but I've still seen some pretty inspiring things in my time:

힘차게 뻗어나간 거대한 산맥, 시간을 초월한 그 장엄함.

vast mountain ranges, majestic and timeless,

맹렬한 기세로 하늘을 온통 불바다로 만들어 버릴 듯,
천지를 뒤흔드는 뇌우.

great sweeping thunderstorms
setting the heavens ablaze with their power,

놀라서 고개가 뒤로 젖혀질 만큼 많이 쌓여 있는
팬케이크도 아마 한두 번 본 것 같아요.

and perhaps one or two neck-wrenchingly
enormous stacks of pancakes.

아무리 그래도 이 세상에서 온전한 경외심과 존경심으로
바라볼 수 있는 대상이 있다면, 그건 바로 아빠예요.
제 모든 생애를 통해 저는 아빠를 존경하며 살아왔답니다.

But if anything on this earth can hold me in total awe and admiration,
it has to be you, Dad. All my life I have looked up to you.

저의 흐릿한 작은 눈이 맨 처음 열려 세상을 보던 그날,
저는 두 눈을 들어 하늘의 별을 올려다보았습니다.
그리고 그곳에는 바로 아빠가 계셨습니다.

On the day my little bleary eyes first opened,
I raised them to the stars, and there you were,

아빠는 견고한 사랑과 헌신으로 쌓은, 결코 흔들리지 않는 탑이었어요.

an immovable tower of love and devotion.

가장 처음이자 또 가장 소중한 아빠와의 추억은
사랑스런 눈빛으로 가만히 저를 내려다보며
행복한 미소로 활짝 웃고 계시던 아빠의 얼굴입니다.

In fact, my first and most precious memory of you is of an enormous,
happy, laughing face staring lovingly down upon my own,

그렇지만 아빠가 언제나 저의 사기를 진작시켰다고는
말씀드리기 어려울 것 같아요.

though I can't say your view was nearly as uplifting.

가만 돌아보면, '아버지'로서 감당하는 모든 일들이
겉으로 보이는 만큼 낙관적이지는 않은 것 같아요.

Upon reflection, I'm really not sure the whole "fatherhood" deal
is as rosy as it is often made out to be.

가슴 벅찬 기대로 기뻤다 해도
저의 탄생은 깜짝 놀랄 만한 일이었겠죠.

However joyful the anticipation,
my arrival must have been something of a shock,

그리고 저 때문에 얼마나 노심초사하셨는지도 알아요.
엄마는 언제나 제 걱정을 하셨고,
아빠는 그런 엄마와 저, 둘 모두를 걱정하셨죠.

and I know I created plenty of anxiety. Mom was certainly
worried about me, and you were worried about both of us.

어쩌면 저렇게 조그맣고 연약한 아기의 탄생이
우리 삶에 이리도 큰 변화를 가져올 수 있단 말인가,
아마도 아빠는 스스로에게 수십 번 되물으셨겠죠.

I'll bet you asked yourself again and again how anything so small
and helpless could bring about such drastic changes in your lives.

예상치도 못하게 극적이고 또 비용이 드는 다양한 일들과 더불어,
머지않아 보통 남자들이 하기에 좀 어색한
그런 일들을 하고 있는 자신의 모습을 발견하게 되셨죠.

Along with a range of unexpectedly dramatic and expensive consequences, you soon found
yourself doing things that simply don't feel natural for a man.

그런데 불편한 진실은 말이죠,
새내기 아빠들은 아기를 안고 있는 것보다 축구공을 잡고 있는 것이
훨씬, 아주 훨씬 더 쉽다는 사실을 알게 된다는 거예요.

The truth is that new fathers find it far, far easier
to hold a football than a baby.

일과 가족 사이에서 균형을 유지하는 일은 점점 더 어려워졌고,

Work and family became a much more difficult balancing act,

생계를 책임지는 아빠의 역할은 나날이 부담이 더해졌고,

and your role as provider got more and more demanding,

가정의 중재자이자 조언자로서의 의무도 그 무게를 더해 갔습니다.
아빠는 가족이 의미하는 모든 것을 굳건히 잡아 주는 다정하면서도
지칠 줄 모르는 우리 모두의 정신적 지주가 되어 가셨죠.

as did your duties as peacemaker and counselor.
You became the loving, tireless anchor that holds fast to all that family means.

가장으로서 짊어져야 할 모든 책임을 묵묵히 감내하는 사이,
저는 항상 아빠의 관심을 끌려고 아빠 귀에 대고 끊임없이 재잘댔는데
그때 혹시 그런 제가 귀찮지는 않았을까 궁금해집니다.

As you came to terms with these massive responsibilities, I wonder how much you enjoyed
my unceasing "Yak-Yak-Yak!" in your ears, demanding your constant attention.

"아빠, 저 좀 보세요. 저 발 벌리고 뛰면서
머리 위로 손뼉 치는 거 오백 번도 한다고요."

"Dad, watch me do five hundred jumping jacks."

"아빠, 아빠, 저 좀 보세요. 저 애국가 부르는 것 좀 보세요."

"Daddy, Daddy, watch me burp the national anthem."

"아빠, 저 좀 보세요. 제가 집 열쇠를 파묻는 것 좀 보세요!"

"Hey, Dad, watch me bury the house keys!"

불쑥불쑥 나타날 때 아빠는 이러지도 저러지도 못하고
난처해 하셨음을 이제야 저는 깨달은 거예요.

In other words, I now realize that when I arrived on the scene,
you were stuck between a rock and, well, another rock.

아빠가 주신 사랑, 용기 있는 모습, 지혜로운 생각
그리고 열심히 일한 아빠 덕분에 누렸던 그 모든 것들에 감사합니다.
아빠는 두 번 생각하는 일 없이 그저 저에게 다 내어 주셨습니다.

That's why I am so grateful for your love, your courage, your wisdom, and the benefits of all your hard work.
You gave me everything you had without a second thought.

"흠." 아빠는 이상하다고 생각하실지도 몰라요.
그렇지만 아빠는 정말 뭐든, 두 번 생각하는 법은 없으시잖아요.

Okay, maybe the odd "Hmmm,"
but no genuine second thoughts whatsoever.

궁극적으로 내가 존재하는 것은 제가 아빠의 분신이기 때문이에요.
처음엔 이 사실이 별로 와닿지 않았겠죠. 여리고 우스꽝스러운 외모에
대소변도 못 가려 기저귀를 차는 아무것도 모르는 어린 녀석에 불과했으니까요.

Ultimately, I am me because I am part of you. At the beginning, this probably wasn't too impressive.
I was a pretty feeble critter, quite funny looking, often a bit stinky, and not exactly Einstein in diapers.

그렇지만 저는 천천히 그리고 확실히 조금씩, 조금씩 성장하며
아빠의 가장 좋은 면만 닮아 가고 있어요.

However, slowly but surely I have grown to be
more and more like you in the very best ways.

저는 아빠와 완전히 똑같은 모습은 아닐 수도 있어요.

I may not be an exact spitting image of you,

그렇지만 아빠랑 저는 분명 놀랍도록 닮았어요.
그리고 저는 그 점이 정말 다행이다 싶어요.

but we certainly appear alarmingly similar coming or going,

and I, for one, am really glad about that.

아침에 아빠가 저를 깨우시는 그 순간부터

From the minute you woke me up in the morning

밤에 저를 침대에 눕혀서 재워 주실 때까지,

until you tucked me into bed at night,

아빠의 강한 힘과 관대함이
자부심이 있는 지금의 저로 키워 주셨습니다.

your immense strength and gentleness
were molding me into the person I am now proud to be.

아빠는 저에게 너무도 많은 것들을 가르쳐 주셨기에 저는 그 고마움을
알지 못했던 것 같아요: 신발 끈은 어떻게 묶는지,

You taught me so much that I now take for granted:
how to tie up my shoes,

상대의 손을 맞잡는 악수의 깊은 의미가 무엇인지,

the importance of a firm handshake,

남자아이들과 여자아이들 사이의 분명한 차이점이 무엇인지,

the not-so-subtle differences between boys and girls,

그리고 밤늦도록 이어진 우리 둘만의 대화에서
인생과 우주에 관하여, 그리고 엄마가 왜 가끔씩 다소
신경질적으로 변하는지도 설명해 주셨어요.

and in our rambling late-night conversations, you even explained life, the universe,
and why Mom was entitled to go a little nuts every now and then.

때로 일들이 제가 희망하고 계획한 대로 풀리지 않을 때,

When things didn't go quite as I'd hoped and planned,

아빠께 달려가면 언제나 위로의 손길로 제 어깨를 두드리며
격려의 말씀을 해 주신다는 것을 알고 있습니다.

I knew I could always count on you for a comforting hand
on my shoulder and words of encouragement.

아빠는 언제나 저를 안전하게 지켜 주셨어요.

You have always made me feel safe,

그것이 때로 아빠를 위험에 빠뜨리는 일이라 해도 그러셨죠.
저를 위험으로부터 지키기 위해서라면 아빠가 못하실 일은
세상 어디에도 없다는 것을 알고 있습니다.

even when that meant putting yourself in harm's way.
I know there's nothing you wouldn't do to protect me from danger and distress.

가장 중요한 건데요, 아빠는 문제가 생겼을 때
어떻게 자신을 옹호하고, 신념을 지켜내는지를 가르쳐 주셨습니다.
덕분에 이제는 아무도 저를 "애송이"라 부르지 않아요!

And most important, you showed me how to stand up for myself and my beliefs
when it mattered-nobody calls me "chicken"!

아빠와 저의 관계가 언제나 완벽한 것은 아니었어요.
먼저 인정한 쪽은 분명 아빠예요. 아빠는 때때로 저에게 호통을 치셨죠.
물론 제가 그보다 더 혼나 마땅한 짓을 하기도 했지만요.

I'm sure you'd be the first to admit that our relationship wasn't always perfect.
You snarled at me from time to time, though I almost certainly deserved worse.

저는 아빠의 "말씀"도 잘 참고 들었고요,

I also endured "The Talk"

그리고 "그 눈길"도 잘 견뎠지요.

and "The Look."

그러고 나면 이어지는 졸음 폭탄—
아빠가 제 나이 적 겪은 고단했던 세상살이에 대한 그 옛날 이야기는
지루하기 짝이 없어서 계속 듣는 것만으로도 고문이었다고요.

Then there were your coma-inducing personal history lecturestedious and torturous tales about
how everything was so much harder when you were my age.

부푼 마음으로 문을 열고 나가는 제게 잘 다녀오라며 건네시는 아빠의 말씀,
"너무 밤늦게까지 돌아다니지 말고, 문제 일으키지 마라!"
그 말씀 들을 때면 정말 김새고 짜증이 났었거든요.

And as I was walking out the door for a fun night, it was pretty annoying to hear you shout
your parting words, "Don't stay out late and don't get into any trouble!"

아빠는 언제나 썰렁한 농담을 던져 놓고는,
지나치게 큰 목소리로 혼자서 껄껄 웃으셨지요.

You always laughed way too loudly at your own weird jokes,

그리고 제 방에 들어오실 때는 어떻게 아시고 어쩜 그렇게
최악의 상황만 골라서 들어오셨던 건지…….

and somehow you always knew exactly
the worst possible time to walk into my bedroom,

아빠는 제가 화장실을 쓸 때도 꼭 그러셨어요.

or the bathroom,

또, 다 낡은 속옷 바람으로 온 집 안을 어슬렁거리며
돌아다니던 그 모습은 어떻고요!

or wander around the house in your oldest pair of underpants!

물론 이런 기억들은 유쾌하지 않지만,
솔직히 사과를 해야 할 사람은 아빠가 아니라 바로 저예요.

Of course, unpleasant as these particular memories are,
I'm really the one who should feel sheepish, because it's me
who needs to offer some apologies, not you, Dad.

저는 제가 오랜 시간 오직 한 가지에만
몰두하고 있었다는 사실을 깨달았거든요:

I realize now that for a long time I was focused on only one thing:

저는 오직 저 자신만 생각했던 거예요.

me.

학교 마치기를 기다릴 때나 학원이나 소풍 장소에 데려다 주실 때,
차 안에서 우두커니 앉아서 저를 기다렸던 그 시간들을
제가 무엇으로 보상해 드릴 수 있을까요?

I can't imagine a reward big enough for all the times you were stuck waiting to pick me up from school
or deliver me to practice or an outing with friends.

차멀미 때문에 새로 산 아빠 차의 가죽 시트를 엉망으로 만들었을 때,
그때는 아빠도 분명 엄청나게 난감하셨을 것 같아요.

but I'll wager it wasn't turning around to see me
being violently carsick on your brand-new leather upholstery.

지금 생각하면 참 죄송한데요, 아빠가 무슨 일을 하려고 할 때면
언제나 아빠의 바짓가랑이를 잡고 졸졸 따라다녔던 것 같아요.
정작 아빠가 저를 필요로 할 때는 아빠 옆에 없었지만요.

I also feel bad that I always seemed to be underfoot, getting in your way while you were trying to get
something done-except, of course, when there were things you actually needed me to do.

참, "잔디를 좀 깎아 주렴"이라는 그 말씀만 나오면
저는 신기하게도 마법같이 아빠의 시야에서 사라져 버렸었지요.

No sir, nothing made me vanish from sight faster than the magic words
"Please go mow the lawn,"

"와서 설거지 좀 도와주겠니?"라는 그 말도
저를 사라지게 하는 또 다른 마법의 주문이었고요.

or "How about giving me a hand with the dishes?"

어쩌다 집안일이라도 도울 양이면, 가치 있는 일이라고 해서
꼭 잘 할 필요가 있는 건 아니라는 생각을 하며
저의 열정은 시큰둥해졌지요.

On those occasions when I did do some work around the house,
my enthusiasm was such that jobs worth doing were not necessarily done well.

그러나 아빠에게 용돈을 타 낼 때는, 결코 시큰둥하지 않았죠.

Not that this stopped me from asking you for my allowance.

제가 막 말을 배우고나서 수도 없이 했던 바보 같은 질문들을
아빠가 모두 받아주셔야 했을 일을 생각하면 좀 쑥스럽기도 해요.

I feel embarrassed that you had to endure
millions of stupid questions as soon as I could talk.

"아빠, 왜 할머니한테서는 괴상한 냄새가 나는 걸까요?"

"Dad, why does Grandma smell funny?"

"아빠, 왜 아빠는 자꾸 흰머리가 나요? 머리칼은 왜 자꾸 빠져요?"

"Daddy, why is your hair going gray and falling out?"

어떤 질문이든 아빠는 어렵사리 터득하신 그 지혜를 저에게 나눠 주려 하셨고,
제가 이미 딴 곳에 정신을 팔고 있을 때조차도 다양하고도 유익한
답변들로 저의 호기심을 채워 주려 하셨어요.

No matter what I asked, you would genuinely try to share your hard-won wisdom and feed my curiosity
with a rich, rewarding answer, even if I was already distracted by something else.

아빠, 제가 어른이 되어서 아빠처럼 세상을 바라보게 되었을 때,
저는 그 광경에 감탄을 했답니다. 아빠가 이루어 놓은 그 모든 것에,
제가 성취할 수 있도록 도와주신 그 모든 것들에 저는 실로 놀랐습니다.

Dad, when I have moments of seeing the world as you do, I really admire the view.
I am amazed at all you have achieved and what you have helped me accomplish.

저는 아빠의 위대한 그늘 밑에서 성장해 왔음을
이제야 깨닫게 되었습니다.

I realize I have been raised in the shadow of greatness.

저는 주위를 보살피는 배려심 깊은 거인 옆에서
함께 걸어왔던 거예요.

I have walked beside an attentive giant,

그리고 아빠는 저의 모든 삶 속에서
온화하게 그러나 확실하게 이끌어 주셨습니다.

and you have guided me gently but surely through my entire life.

자, 보세요, 아빠, 바로 그래서 저는 아빠를 존경합니다.

So you see, Dad, that is why I will always look up to you.

그런데 이런 순간은 좀 곤란해 하시죠.
아빠는 무뚝뚝해서 공공연하게 애정 표현하는 거,
어색해서 잘 받아 주지 못하잖아요.

But this is where it gets a little tricky, because you're certainly not very good
about accepting overt displays of affection.

사실, 감정정인 문제에 관해서라면 말이죠,
아빠는 언제나 쉽게 이야기를 나눌 수 있는 그런 분은 아니에요.

In fact, when it comes to emotional issues,
you're not always the easiest person to talk to.

오해는 하지 마세요. 그렇다고 아빠가 다른 사람 말에
귀를 기울이지 않는 분이란 의미는 아니니까요.

Don't get me wrong—
It's not that you're the worst listener in the world,

그냥 아버지와의 대화는 글쎄요, 좀 독특하잖아요.
가끔은 말은 한 마디도 안 하면서 마치 마음으로
대화를 하는 것 같은 기분이 들 때도 있잖아요.

It's just that communication with a father is, well, unique.
Sometimes it feels as if we even "speak" from the heart without actually talking.

가장 중요한 건 말보다 행동으로 보여주는 것이라고
아빠가 자주 하셨던 말씀, 저는 알고 있어요.

I know you've often said it's actions rather than words

that count the most,

아빠가 해 주신 그 모든 것에 제가 얼마나 감사하고 있는지
과연 알고 계실까 저는 가끔 궁금해진답니다.

but sometimes it does make me wonder, Dad,
if you really know how grateful I am for all you have done.

아빠도 저를 자랑스럽게 생각하고 계신가요?

Are you as proud of me

제가 아빠를 자랑스럽게 생각하는 것처럼, 그런가요?

as I am of you?

혹시 제가 마음속 깊이 아빠를 얼마나 생각하고 있는지 아세요?

Do you have any idea how deeply I care about you?

인생에 관하여 아빠에게 배운 한 가지는 인생은 참으로 빠르다는 거예요.
마치 평생을 두고 의미를 찾아가야 할 것처럼 길어 보이지만
어느새 획— 하고 지나가 버린다고.

One thing I've learned about life from you is just how fast it goes.
it may seem as if we have forever to explain how we feel, then whoooooosh!

갑자기 기회는 다 지나가 버리고,
그러면 너무 늦어 버린다는 걸.

Suddenly, the opportunity has passed us by, and it's too late.

저, 아빠, 그냥 우리끼리 얘기니까 제가 몇 마디 한다면요,
이것만은 아빠가 꼭 알아주셨으면 하는데요.

So Dad, if I could only say a few things just between you and me,
this is what I would want you to know.

제가 언제나 의지할 수 있는
저의 친구가 되어 주셔서 정말 감사해요.

Thank you for being the friend I could always turn to.

제가 언제나 기댈 수 있는
저의 영웅이 되어 주셔서 감사해요.

Thank you for being the hero I could always count on.

그리고 저의 아버지가 되어 주셔서 감사합니다.

Thank you for being my father.

아빠, 사랑해요.

I love you, Dad.

옮긴이의 글

처음 책의 주제를 받아들고 저자인 브래들리가 느꼈던 그 마음이 지금의 나의 마음과 같았으리라. 함께했던 추억이 너무 많아서, 주신 사랑이 너무 커서, 보답하지 못하는 미안함에 마음이 저려, 쉬이 꺼내지 못하는 그 이야기…… 내 아버지.

포마드를 발라 정갈하게 빗어 올린 머리, 냉철한 눈빛, 쉬는 날이면 집안 곳곳을 정리하시던 부지런한 모습, 바깥 사람들을 대할 때면 늘 사람 좋은 웃음을 잃지 않으면서도 카리스마가 느껴지는 절도 있던 모습, 엄마가 만드신 구수한 된장찌개가 상에 오를 때마다 칭찬을 거르지 않고 달게 드시던 모습, 우리 형제들을 모아 놓고 장난을 치며 내기를 걸던 모습, 전축을 틀어 놓고 다이아몬드 스텝을 가르쳐 주시던 모습…… 참으로 많은 기억들이 영화의 장면들처럼 아련하게 끝도 없이 떠오른다. 불 꺼진 거실에 조용히 앉아 생각에 잠기셨던 모습, 담배를 입에 물고 마당을 거닐며 가을 밤하늘을 올려다보시던 그 뒷모습도 떠오른다. 어린 나에게는 산보다 더 거대하고 바다 보다 깊고 하늘 보다 높은 아버지였지만, 그 즈음 가장으로서 아버지의 어깨는 점점 무거워져가고 있던 탓에, 그래서 늦은 밤까지 잠을 이루지 못하셨으리라.

'세상에 너 만큼 아빠 사랑 많이 받은 사람도 없을 거다'라는 소리를 주변에서 늘 듣고 자랄 만큼 맏딸인 나에 대한 아빠의 사랑은 실로 유별나셨다. 초등학교 시절 어느 겨울날, 회사에서 돌아오신 아빠의 손에 빨강색 스케이트화가 들려 있었다. 그 다음부터 날이 추워지기만 기다리다 얼음이 꽁꽁 어는 날이면 빙판 위를 질주하며 시간 가는 줄 모르다 해가 져서야 집에 오곤 했다. 또 어느 봄날, 학교에서 돌아와 보니 자전거도 못타는 나를 위해 아빠가 자전거를 한 대 사다 놓으셨다. 당시 유행하던 만화 주인공 아톰이 그려진 그 주황색 자전거로 아빠에게서 자전거 타는 법을 배웠다. 이후 나는 매일 동네 여기저기를 누비고 다녔다. 자동차 면허 따고 연수도 안 받아 시동만 겨우 걸 줄 아는데, 어디든 가고 싶은 곳은 다녀보라시며 차를 사 주셨다. 정말 친구들과 원 없이 즐겁게 돌아다녔다. 이제 나는 아빠가 사랑으로 지어주신 그 배를 타고 인생이라는 바다로 나왔다. 노 젓는 법도 풍랑을 대비하는 법도, 모두 아빠에게서 배운 대로 나는 그렇게 항해를 하고 있다.

여섯 살 때로 기억 되는 어느 날, 아빠랑 외출을 하고 돌아오는데 함박눈이 내리기 시작했다. 아빠는 첫눈 오는 기념으로 사진을 찍자며, 나를 데리고 사진관으로 들어가셨다. 나는 솜씨 좋은 엄마가 직접 떠주신 밤색 스웨터를 걸치고 빠진 앞니가 보일세라 배시시 웃으며 아빠 손을 꼭 잡고 사진을 찍었다. 그런 따뜻한 기억이 풍랑을 만났을 때 나를 지키고, 살피고, 일으키는 힘이었음을 고백한다. 사진 속에 아빠는 지금의 내 나이보다 적은, 서른을 갓 넘긴 미남자이다. '아빠, 나이가 들어가고 일에서 손을 놓으셨다고, 건강을 잃어간다고 너무 쓸쓸해하지 마세요. 당신의 젊은 날을, 저의 손을 잡고 열심히 걸어오신 그 지난 세월을 제가 모두 기억하고 있습니다. 예전에도, 그리고 지금도 당신은 제 마음의 도덕률이며, 정신의 푯대입니다.'

더 늦기 전에 시간을 내어 아빠를 뵈러 가야겠다. 돈 아끼지 말고 즐겨하시는 음식, 잔뜩 사들고 가야겠다. 아빠를 만나면, 여윈 등을 쓸어드리며, 거칠어진 손마디를 꼭 잡고, 아빠가 어린 내게 해주셨듯이, 나도 그렇게 두 무릎을 꿇고 눈을 마주보며 세상에서 가장 따뜻한 미소를 지으며 말하련다. "나는 아빠의 딸이라는 게 너무 자랑스러워요. 사랑해요. 그리고 너무 고마워요." 아빠!!

누군가, 당신 인생의 가장 큰 행운이 무엇인가라고 묻는다면, '내 아버지의 딸로 태어난 거요.' 라고 나는 주저 없이 말할 수 있다. 책을 번역하며 내가 느낀 감사함과 따뜻함이 이 책을 집어 드는 여러분의 손끝에서 그 마음으로 고스란히 전달되기를, 그래서 그 사랑을 되새기고 공감하는 행복한 시간이 되기를 바란다.

2014년 4월
옮긴이 남길영

목욕할 때는 귀 뒤도 깨끗이 씻어야 한다는 가르침을 받고 있는 작가
1972년 런던

현대 고전인 〈블루 데이 북〉의 저자로, 뉴욕타임스의 베스트셀러 작가인 브래들리 트레버 그리브는 세계 35개국에서 누구나 알 만큼 유명한 사람이다. 앞서 출간되었던 그의 책 7권은 세계적으로 수상을 하였고, 천만 부 이상이 팔렸다.

호주에서 태어난 브래들리는 유년 시절의 대부분을 영국과 홍콩, 그리고 싱가포르에서 보냈다. 호주 육군 사관학교를 졸업한 후, 낙하산 부대 소장으로 복무했으며 보다 창의적인 모험을 찾아 퇴역하였다. 수상 경력이 있는 화가이자 만화가, 시인, 장난감 디자이너, 시나리오 작가, 발명가이며 그리고 우주비행사 자격증을 갖고 있는 그는 현재 호주 시드니에서 주로 생활하고 있다.

Dear Dad
아빠, 사랑해요

초판 1쇄 발행 | 2014년 4월 15일

지은이   브래들리 트레버 그리브
옮긴이   남길영
책임편집   이선아
디자인   박은진 · 김한기

펴낸곳   바다출판사
발행인   김인호
주소   서울시 마포구 어울마당로 5길 17 (서교동, 5층)
전화   322-3885(편집), 322-3575(마케팅부)
팩스   322-3858
E-mail   badabooks@hanmail.net
홈페이지   www.badabooks.co.kr
출판등록일 1996년 5월 8일
등록번호   제 10-1288호

ISBN 978-89-5561-707-8(04840)